OEUVRES

DE MICHEL

L'HOSPITAL,

CHANCELIER DE FRANCE.

PLANCHES

DESSINÉES, GRAVÉES, ET DÉCRITÈS,
PAR AMB. TARDIEU.

PARIS,

CHEZ AUGUSTE BOULLAND ET Cⁱᵉ,

RUE DU BATTOIR, Nᵒ 12.

1824.

OEUVRES COMPLÈTES

DE L'HOSPITAL.

planches.

IMPRIMERIE DE FIRMIN DIDOT, RUE JACOB, N° 24.

ŒUVRES COMPLÈTES

DE MICHEL

L'HOSPITAL

CHANCELIER DE FRANCE.

planches

DESSINÉES, GRAVÉES ET DÉCRITES PAR AMBR. TARDIEU.

A PARIS,

CHEZ AMBROISE TARDIEU, A. BOULLAND ET Cᵉ,

RUE DU BATTOIR-SAINT-ANDRÉ, Nᵒ 12.

1824.

PLANCHES

DES ŒUVRES

DE MICHEL L'HOSPITAL.

Lorsque l'idée de publier les OEuvres du chancelier l'Hospital m'eut été donnée par M. Duféy, avocat et homme de lettres distingué, qui, depuis long-temps, s'occupait de réunir tous les écrits de ce vertueux et illustre magistrat, je sentis qu'un tel ouvrage ne devait pas être publié avec l'intention unique de faire une spéculation de librairie, mais qu'il fallait donner à cette belle et nationale entreprise un caractère noble, digne en tout de l'homme célèbre qu'elle doit livrer à l'admiration de l'Europe comme législateur, magistrat intègre, historien courageux, et poète à la fois énergique et gracieux.

Je cherchai donc à réunir tout ce qui pouvait donner de l'authenticité et ajouter un intérêt historique aux œuvres du grand citoyen dont la haute vertu et la mâle éloquence semblent dominer tous les événements de la période de notre histoire la plus féconde en révolutions civiles et religieuses, où l'on voit l'Hospital lutter seul, pendant trois règnes, contre l'ambition des princes de Lorraine, la faiblesse des souverains de son pays, et les tentatives de domination universelle de la cour de Rome. J'ai cru que tout ce qui se rapportait à l'homme illustre qui empêcha que l'inquisition couvrît la France d'échafauds, et qui allégea et recula, par sa résistance et l'influence d'une vie irréprochable, les malheurs des guerres enfantées par le fanatisme religieux, serait bien accueilli de tous les hommes qui regardent la gloire des grands français comme une propriété sacrée dont la garde est confiée à toute la France.

Je fis d'abord un voyage au château du Vignai, que l'Hospital fit bâtir, et où, après avoir déposé toutes ses dignités, il vint s'occuper d'agriculture, tracer ses immortels écrits, et montrer à une cour corrompue et à une nation fanatique l'admirable exemple d'une noble pauvreté. C'est là, qu'à la suite de l'infâme Saint-Barthélemy, poursuivi dans sa retraite par les assassins aux gages des Guises, il répondit au messager de la reine Catherine de Médicis, qui lui apportait sa grace : « Je n'ai mérité ni la mort, ni ma grace. »

Je donne des vues de ce château et du tombeau du

chancelier, détruit par les Vandales de 1793, et relevé par M. le marquis Bizemont, propriétaire actuel du château de Vignay, qui, religieux admirateur de l'Hospital, conserve avec un honorable respect tout ce qui, par ses rapports avec le grand homme, devient monument historique. Le salon du château est encore orné d'un portrait original du chancelier. Il est d'un beau faire et d'une conservation parfaite : tout me porte à croire qu'il est de Janet ; je l'ai copié et gravé. Je tâcherai aussi d'avoir une vue de la maison où est né l'Hospital, à Aigueperse. Je joins ici plusieurs *fac-simile* de son écriture, pour prouver l'authenticité de son testament original, et du *Traité de la Réformation de la justice*, ouvrage entièrement inédit ; et je complète cette collection par les portraits, tant en pied et en costumes du temps, qu'en bustes, de tous les personnages célèbres des règnes de François Ier, Henri II, François II, et Charles IX.

J'ai eu communication d'un recueil considérable de dessins originaux faits par François Clouet, dit Janet, peintre du roi, qui forme une galerie complète de tous les membres de la famille royale, et de presque tous les personnages marquants de cette époque.

Je mets, en outre, en regard de chaque gravure, une Notice descriptive, dans laquelle je me proposais de faire entrer des détails sur les costumes de la cour de Charles IX ; je ne pourrai en donner que de fort imparfaits, nos antiquaires ayant laissé dans leurs ouvrages une lacune à ce sujet.

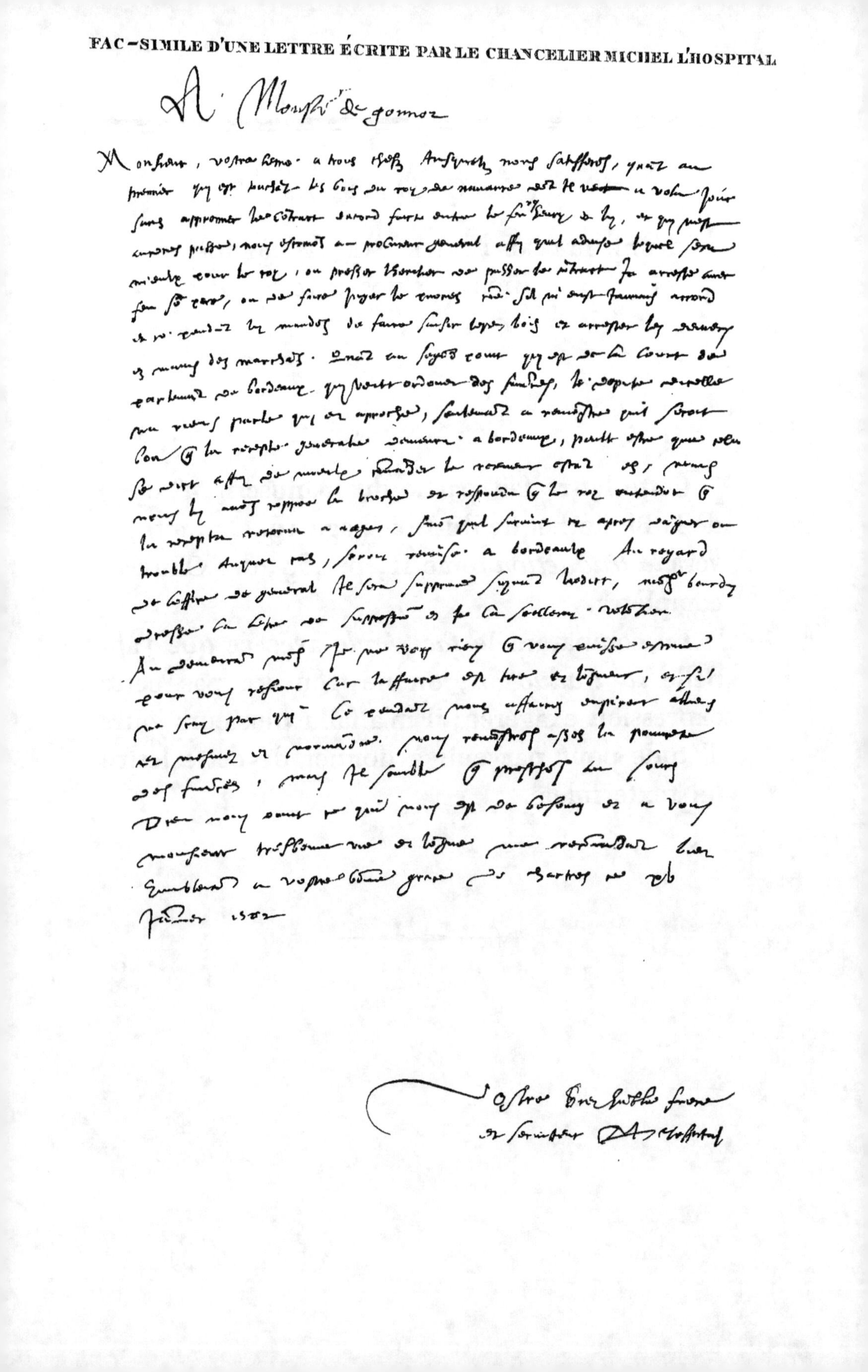

FAC-SIMILE D'UNE LETTRE ÉCRITE PAR LE CHANCELIER MICHEL L'HOSPITAL

FAC SIMILE

D'UNE LETTRE ÉCRITE PAR LE CHANCELIER
MICHEL L'HOSPITAL.

Cette lettre fait partie du manuscrit n° 8727 de la Bibliothèque du Roi, page 19. On en trouvera *la traduction* tome II, p. 489, des OEuvres complètes.

En comparant le *fac simile* avec ce que j'appelle *sa traduction*, on ne trouvera pas cette expression exagérée; il m'a fallu plusieurs jours d'étude pour parvenir à donner de cette lettre un texte fidèle.

Dessiné d'après le Portrait Original de Fr.̃ Janet conservé au Château de Vignay, et Gravé par Ambroise Tardieu.

MICHEL L'HOSPITAL

(Magistrat, Orateur, et Poëte),

Chancelier de France.

Né à Aigueperse (Dépt. du Puy-de-Dôme) le 1505

Mort à Vignay près Etampes le 13 Mars 1573.

MICHEL L'HOSPITAL.

L'Hospital (Michel de), chancelier de France, né à Aigueperse en Auvergne l'an 1505, mourut à Vignay le 13 mars 1573, et fut enterré dans l'église de Champmoteux, sa paroisse, où on lui éleva un mausolée dans la chapelle seigneuriale. Ses cendres ont été violées par les factieux de notre temps, comme sa vie avait été troublée par ceux du seizième siècle.

Montaigne et Brantôme placèrent l'Hospital, de son vivant même, à côté *des sages les plus renommés de l'antiquité*, et Étienne Pasquier désirait que tous les chanceliers et gardes des sceaux *moulassent leur vie sur la sienne*. La postérité a confirmé ce jugement des contemporains de ce grand homme : le président Hénault a tracé en peu de mots le portrait de l'Hospital. « Il est, dit-il, plus instruit que le cardinal de « Lorraine, a tout le courage du duc de Guise; « ferme et plein d'expédients, c'est le plus savant « homme du monde, et qui a le plus d'esprit, « le plus rempli d'honneur, et sachant, s'il le « faut, mépriser la réputation même, pour en « faire le sacrifice au salut de l'état. »

La gravure représentant le portrait de cet

homme illustre, est une copie fidèle du tableau, que je crois peint par Janet, qui ornait le salon du château de Vignay. Ce tableau, gardé religieusement dans la famille du chancelier, est passé, avec le château, à l'acquéreur, M. le marquis de Bizemont, qui le conserve avec tout le respect qu'un tel monument doit inspirer.

Le chancelier est ici représenté dans son costume de premier magistrat du royaume; il porte la simarre de soie noire mat, ornée d'un large revers de moire brodée : sa main droite est appuyée sur une boîte de velours gros bleu, brodée de fleurs de lis d'or, qui renfermait les sceaux. L'expression à la fois calme et spirituelle de cette belle tête me semble répondre parfaitement aux rares qualités de ce grand citoyen. Ce tableau était regardé, dans la famille du chancelier, comme celui de tous ses portraits qui offrait la plus exacte ressemblance.

VUE DU CHÂTEAU DE VIGNAY, HABITATION DU CHANCELIER L'HOSPITAL.

Dessiné et Gravé par Ambroise Tardieu.

Vue de la Chapelle de Champmoteux,

où est renfermé le Tombeau du Chancelier l'Hospital.

VUE

DE LA CHAPELLE DE CHAMPMOTEUX,

OU EST RENFERMÉ LE TOMBEAU DU CHANCELIER L'HOSPITAL.

Le village de Champmoteux faisait partie de la baronnie achetée par le chancelier l'Hospital de la famille de Chastillon; il est à un quart de lieue du château de Vignay, qui ressort de sa cure. Le chancelier, ayant voulu que son tombeau fût dans l'église de sa paroisse, une chapelle latérale, exposée au sud, fut construite a cet effet par les soins de son épouse, et un monument modeste recouvrit les restes du grand homme.

Cette chapelle et ce tombeau sont entretenus avec une simplicité décente par M. de Bizemont, à qui l'on doit la réédification de ce précieux monument, démonté, pour ainsi dire, et non pas détruit, pendant la révolution, mais cependant avec respect et par le seul motif de la crainte, par les habitans, qui s'honorent avec raison d'un dépôt qui attire sur leur village une juste célébrité.

La chapelle est fermée par une grille en bois, et tous les ans un service funèbre y est dit le jour de la mort du chancelier.

Escalier Gothique du Château du Vignay.

VUE DE L'IF DU CHANCELIER L'HOSPITAL ET DE SA FERME DE VIGNAY.

STATUE COUCHÉE

qui surmonte le tombeau du Chancelier l'Hospital.

STATUE COUCHÉE

QUI SURMONTE LE TOMBEAU DU CHANCELIER
L'HOSPITAL.

Cette statue représente Michel l'Hospital revêtu de la robe de chancelier : le costume est très-fidèle et le masque fort ressemblant. Elle est de grandeur naturelle.

Cette planche complète la description du tombeau du chancelier.

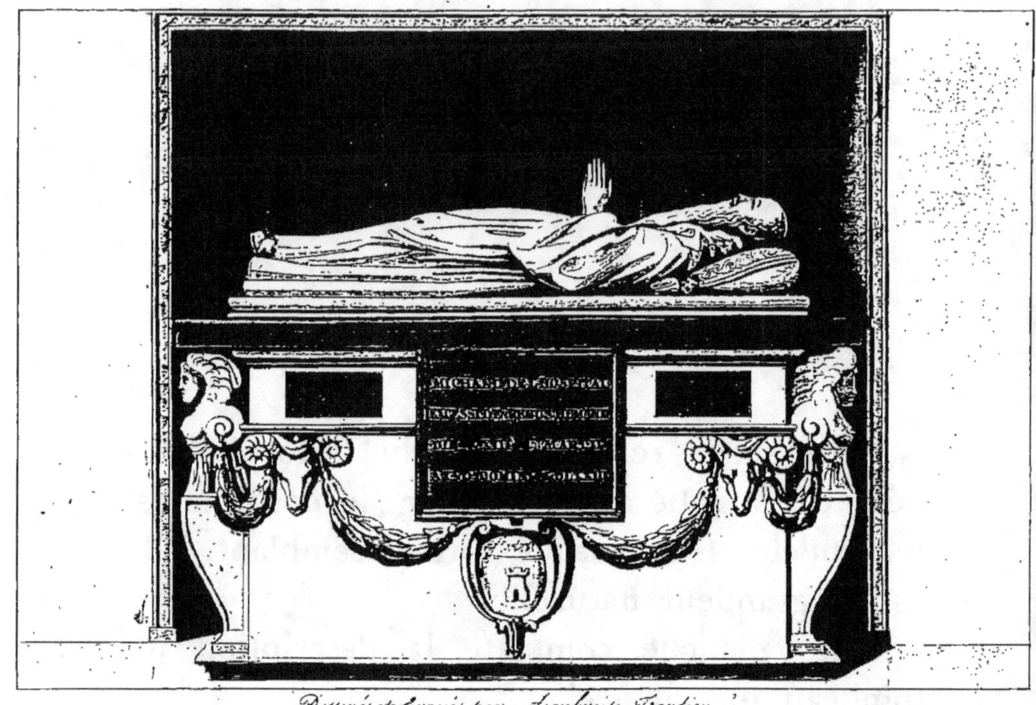

Dessiné et Gravé par Ambroise Tardieu

Tombeau du Chancelier l'Hospital.

TOMBEAU DU CHANCELIER L'HOSPITAL.

Au fond de la chapelle représentée dans la planche précédente, est une niche ayant à peu près sept pieds carrés et deux de profondeur.

Le monument est recouvert d'une large table de marbre noir, sur laquelle la statue du chancelier, en plâtre, est couchée; un oreiller, avec des glands et des broderies, soutient sa tête; il a les mains jointes, et est supporté par une espèce de matelas. Le masque, moulé avec un grand soin, représente parfaitement les traits du chancelier.

Deux consoles, surmontées de têtes d'anges, accompagnent les côtés du tombeau, qui est orné de têtes de beliers et de guirlandes, auxquelles est suspendu un médaillon dans lequel est un écusson aux armes du chancelier. Sur une plaque de marbre noir incrusté au milieu de la face du tombeau, on lit cette inscription en lettres d'or:

MICHAEL. DE. L'HOSPITAL
EXCESSIT. E. REBUS. HUMANIS
DIE. XIII. A. MARTII
ANNO. DOMINI. M. DLXXIII.

Au fond de la niche, sur une grande plaque de

marbre noir, on lit l'inscription représentée fidèlement dans la planche suivante, en regard de
laquelle se trouve la traduction.

Lorsque les habitants de Champmoteux furent
forcés, par la crainte d'attirer sur leur commune
les malheurs de la révolution, en conservant un
monument entaché de nobles emblèmes, ils le
démontèrent, et toutes les pièces en furent con-
servées dans un coin du cimetière attenant à
l'église.

M. de Bizemont, voulant rendre à la France
un monument aussi précieux, n'eut que peu de
réparations à faire faire à ces matériaux, et le
tombeau semble n'avoir jamais été détruit : les
restes du chancelier sont constamment restés
sous la pierre funéraire; ils y reposent encore
maintenant.

M. Lainé, alors ministre de l'intérieur, prit
les ordres de S. M. Louis XVIII, qui saisit avec
un auguste empressement cette occasion de rendre un hommage public à la mémoire de l'illustre
l'Hospital : une somme fut mise à la disposition
de M. de Bizemont, et le tombeau relevé sous
sa direction.

MICHAELI.HOSPITALIO.FRANCORVM.CANCELLARIO
MARIA.MORINA.CONIVGI.CONIVX.MAGDELENA.PATRI
FILIA.VNICA.ROBERTVS.HVRALTVS.BELLEBATVS
SOCERO.GENER.CAROLVS.MICHAEL.ROBERTVS.FRANCISCVS
PAVLVS.IOANES.PHILEMON.MARGARETA.MARIA
AVO.NEPOTES.NEPTESQVE.MOESTISSIMI.POSVERE

———————

REGN. LUDOVICO. XVIII.
FAVENTE ET JUVANTE LI DOVICO LAINÉ REGIA REBUS INTERNIS ADMINISTRO

———————

MONVMENTVM VIRI PROESTANTISSIMI CIVILIVM FVRORVM INJVRIA DISIECTVM
FRAGMENTIS SEDVLO COLLECTIS
ET AD PRESTINAM EFFIGIEM SIGNO FIDELITER RESTITVTO
LVDOVICVS GABRIEL DE BIZEMONT FVNDI DOMINVS
VNVS E POPVLI DELEGATIS IN CONSILIVM PVBLICVM LEGIBVS FERENDIS
REPONI STATVIT ANN. SAL. MDCCCXVIII.

———————

*Inscription qui est au fond de la niche du Tombeau du
Chancelier M. l'Hospital dans l'église de Champmoteux.*

SVMMI AC CLARISS. VIRI. M. HOSPITALII
GALLI AR. CANCELL. ET. M. MOR. VXOR. PIISS. IVSSV.
HAEC DOMVS CONSTRVCTA EST. ANN. M.D.LXII
QVO TEMPORE CHARO. IX. OPTIMAE SPEI REGE
AD IIVC IMPVBERE GRAVISS. SEDITIONIBVS
BELLOQZ CIVILI PERNICIOSISS. PROPTER
RELIGIONIS DISSENSIONEM ET PAVCORVM
RRINCIPVM [⬚]TIONEM TOTA PRORSVS
GALLIA SED POTISSIMVM HAEC REGIO
VTRIVSQVE FACTIONIS CONCVRSIBVS
EXPOSITA MISERE PROSTRATA LVGEBAT

*Inscription qui est scellée dans le mur de l'Escalier au dessus
de la Porte de l'Appartement du 1er Étage, au Château du
Vignau qui fut construit et habité par le Chancelier l'Hospital*

TRADUCTION DES INSCRIPTIONS.

I.

Marie Morin, à Michel l'Hospital, chancelier de France, son époux ; Madeleine, sa fille unique, à son père ; Robert Hurault Bellesbat, son gendre, à son beau-père ; Charles-Michel-Robert-François-Paul-Jean Philémon, Marguerite-Marie, à leur aïeul ; ses enfants et petits-enfants, élevèrent ce monument en témoignage de leur douleur.

Sous le règne de Louis XVIII, M. Lainé, ministre de l'intérieur, secondant et exécutant les intentions de Louis.

Louis-Gabriel de Bizemont, propriétaire du château, l'un des députés du peuple dans le conseil chargé de faire les lois, fit rétablir, l'an du salut 1818, ce monument d'un homme illustre, avec les débris rassemblés dans un endroit oublié, et qui avaient été dispersés par l'injure des fureurs civiles ; et lui a rendu son ancienne forme, en le faisant réédifier tel qu'il était dans l'origine.

II.

Cette maison a été construite l'an 1562, par l'ordre de haut et illustre Michel l'Hospital, chancelier de France, et de Marie Morin, son épouse très'-pieuse, au temps où, Charles IX, roi de la meilleure espérance, encore enfant, la France entière en proie aux séditions et aux fureurs de la guerre civile à cause de la différence de religion, et de *l'ambition* de quelques princes, et surtout exposée aux déchirements de chaque faction, gémissait, misérablement abattue.

FAC-SIMILE DE LA SIGNATURE DU TESTAMENT DU CHANCELIER MICHEL L'HOSPITA

FAC SIMILE

DE LA SIGNATURE DU TESTAMENT DU CHANCELIER
MICHEL L'HOSPITAL.

Les recherches faites à la Bibliothèque du Roi
ont procuré la découverte du Testament original du chancelier l'Hospital. Cette pièce impor-
tante se compose de cinq pages in-folio, écrites
en latin et corrigées de la main du chancelier.
A la fin se trouvent l'approuvé et la signature,
dont je donne ce *fac simile* comme garantie
d'authenticité ; plus bas on lit une déclaration
de Robert Bellebat, gendre du chancelier.

Voir tome II des OEuvres complètes, p. 53o,
la traduction de ce *fac simile*.

Sculpté par Desaine. Dessiné et Gravé par Ambroise Tardieu.

STATUE DU CHANCELIER M. L'HOSPITAL
qui décore la façade du Palais
de la Chambre des Députés.

STATUE DU CHANCELIER L'HOSPITAL,

Cette statue, que l'on voit à gauche du grand péristyle de la Chambre des Députés, est un hommage tardif rendu au créateur de la réorganisation de la justice en France. Elle est due au ciseau du sculpteur Deseine, et est d'un style noble dans tout son ensemble; la tête, d'une belle expression, donne une idée assez exacte des traits du grand homme dont la ressemblance parfaite se trouve rendue dans le portrait que j'ai donné dans la 4ᵉ livraison.

Il est à regretter que cette statue ne soit point en marbre, et que la négligence que l'on porte à sa conservation doive dans peu en entraîner la destruction. Cette gravure, qui la représente fidèlement, aura donc ici un double avantage, puisque, outre l'ornement dont elle sera à cette édition, elle conservera le dessin du plus bel ouvrage d'un de nos plus habiles sculpteurs.

HENRI II,

Roi de France.

HENRI II, ROI DE FRANCE,

Était fils de François Ier ; il naquit à Paris le 31 mars 1518, monta sur le trône en 1547, et mourut, le 10 juillet 1559, dans la quarante et unième année de son âge et la treizième de son règne, des suites d'une blessure à l'œil droit, que lui fit le comte de Mongommery, dans un tournoi, rue Saint-Antoine.

PORTRAIT DE CE PRINCE, PAR LE PÈRE DANIEL.

Henri faisoit les délices de son peuple, et surtout de sa cour, qui étoit très-polie. Sa bonne mine, ses manières douces et affables, attiroient le respect et lui gagnoient le cœur de tous ceux qui l'approchoient. Il étoit très-bien fait, agile, adroit dans tous les exercices des armes, de la chasse, de la paume, du mail, du cheval ; plein de politesse et d'agrémens, quoiqu'il eût le teint un peu brun, il ne lui échappoit jamais un mot de raillerie offensante à l'égard de ses courtisans ; et quand il avoit appris une belle action de quelqu'un de ses officiers d'armée, il affectoit en toute rencontre de la louer, d'en marquer son contentement, et il n'en laissoit guères sans récompense ; mais aussi certaines fautes, une

fois faites, ne lui sortoient jamais de la mémoire, et, quelque bonne mine qu'il fît à ceux
qui les avoient commises, il étoit très-difficile
de l'en faire revenir. Il était guerrier, et com-
mandoit d'ordinaire ses armées en personne;
l'expérience qu'il avait acquise dans le métier
des armes dès qu'il étoit dauphin et depuis
qu'il fut roi l'avoit rendu habile dans le com-
mandement.

EXPLICATION DE LA GRAVURE.

Henri II est ici représenté d'après un tableau original du cabinet de M. de Gagnières.
Son bonnet est de la forme ordinaire de cette
époque. Sa culotte, fort large et même gonflée,
ne descend que jusqu'à demi-cuisses. L'escarcelle
(bourse) qui pend à sa ceinture était en usage
avant le siècle de saint Louis, et le fut encore
assez long-temps après la mort de Henri III.

Extrait des *Monuments de la monarchie
française*, par MONTFAUCON.

CATHERINE DE MÉDICIS

(Reine de France),

Née à Florence le 3 Avril 1519,

Morte au château de Blois le 5 Janvier 1589.

DIANE DE POITIERS

(Maîtresse de Henri II),

Duchesse de Valentinois.

Née à St. Vallier (Dépt. de la Drôme) le 3 Septembre 1499.

Morte à Anet le 22 Avril 1566.

DIANE DE POITIERS.

Diane de Poitiers, duchesse de Valentinois et maîtresse de Henri II, naquit le 3 septembre 1499, et non pas, comme l'avance Bayle, le 14 mars 1500. Après la mort du roi, elle se retira dans son château d'Anet, où elle mourut, le 22 avril 1566, âgée de 66 ans.

PORTRAIT HISTORIQUE DE DIANE DE POITIERS.

L'âge de Diane, qui rendait son empire sur le cœur du roi si extraordinaire, fit croire à quelques-uns de ses contemporains qu'elle avait eu recours à la magie pour l'enchaîner. Mais la véritable magie de Diane fut le charme de l'esprit, des talents et des graces. Au reste, sa beauté se conserva long-temps; elle mit tous ses soins à retarder l'outrage des années, et elle y réussit. Elle ne fut jamais malade, et dans le plus grand froid, elle se lavait le visage avec de l'eau de puits. Éveillée le matin à six heures, elle montait à cheval, faisait une ou deux lieues, et venait se remettre dans son lit, où elle lisait jusqu'à midi. Ses traits étaient réguliers; son teint, le plus uni et le plus beau qu'on pût voir; ses cheveux, bouclés et d'un noir de jais. Brantôme, qui la vit peu de temps avant sa mort, assure qu'elle était encore belle.

Le président de Thou attribue à Diane tous les malheurs du règne de Henri II, la rupture de la trève avec l'Espagne, rupture qui causa des maux infinis à la France, et les persécutions que souffrirent les protestants.

(Extrait de la *Biographie Universelle.*)

Ce portrait est tiré de la collection de dessins originaux de Janet, qui est à la Bibliothèque du roi.

CHARLES IX

Roi de France.

CHARLES IX.

Charles IX, roi de France, fils de Henri II et de Catherine de Médicis, né à Saint-Germain-en-Laye, le 27 juin 1550, monta sur le trône le 15 décembre 1560, après la mort de François II, son frère, et fut sacré, à Reims, le 15 mars 1561, n'ayant pas encore onze ans accomplis. Ce prince mourut le 31 mai 1574, dans la vingt-quatrième année de son âge, et la quatorzième de son règne; il eut pour successeur Henri III.

Dès son enfance, ce prince avait annoncé les qualités qui font les grands rois: brave, aimant la gloire, infatigable, d'un esprit vif et pénétrant, heureux en réparties, ayant du goût pour les lettres; on ne pouvait lui reprocher qu'un excès de forces qu'il employait à des exercices au-dessous de son rang; mais pour le condamner même sur ce point, il faudrait oublier les moyens employés par Catherine de Médicis pour le corrompre et pour l'empêcher de se mettre à la tête des armées.

S'étant aperçu, un jour, que le vin avait altéré sa raison, il jura de ne plus en boire; et il tint

son serment. Que ne pouvait - on pas attendre
d'un prince de vingt ans, capable de prendre
un tel empire sur lui-même! Heureux, si la vio-
lence de son caractère lui avait donné le courage
de se séparer de sa mère !

(FIÉVÉE , *Biographie Universelle.*)

Le portrait que je joins ici est copié du tableau
de Janet, qui est au Musée royal : le prince porte
le costume du temps, enrichi d'élégantes broderies en or.

CLAUDE DE LORRAINE

(Premier Duc de Guise),

Né à.............le 20 Octobre 1496.

Mort à Joinville. le 12 Avril 1550.

CLAUDE DE LORRAINE,

PREMIER DUC DE GUISE.

Claude de Lorraine, premier duc de Guise, cinquième fils de Réné II, duc de Lorraine, né le 20 octobre 1496, marié, en 1513, à Antoinette de Bourbon, avait succédé à son père au comté d'Aumale. Ce prince ayant été naturalisé en France, François Ier érigea pour lui en duché la terre de Guise. Il mourut à Joinville le 12 avril 1550, laissant plusieurs enfants, dont les plus célèbres sont : François, duc de Guise ; Charles, cardinal de Lorraine ; Louis de Lorraine, cardinal de Guise ; et Réné, marquis d'Elbœuf.

Claude Ier de Lorraine était grand, beau, spirituel, magnifique, homme d'état et habile capitaine ; ce qui était fort rare. Ses enfants, dont il créa la fortune, héritèrent d'une partie de ses qualités, mais poussèrent plus loin leur ambition.

Portrait tiré de la collection de dessins originaux de Janet, qui est à la Bibliothèque du Roi.

FRANÇOIS DE LORRAINE,

Duc de Guise.

FRANÇOIS DE LORRAINE.

François de Lorraine, duc de Guise, né en
1519, marié le 4 décembre 1549 à Anne de Fer-
rare, mourut, assassiné au siége d'Orléans, le
15 février 1569, laissant trois fils, Henri et Louis
de Guise, assassinés à Blois, et Charles, duc de
Mayenne.

PORTRAIT HISTORIQUE DE FRANÇOIS DE LORRAINE,
DUC DE GUISE.

Il montra, dès sa plus tendre jeunesse, tant
d'ardeur pour la gloire, tant d'intrépidité, de
prudence et de sang-froid dans les moments les
plus périlleux, qu'on augura dès lors qu'il de-
viendrait un illustre guerrier. Le soin qu'il pre-
nait de s'attacher, par des bienfaits, les hommes
chez lesquels il remarquait des talents, sa libé-
ralité envers les soldats, son affabilité avec les
officiers; un port majestueux, un front toujours
serein, et plus ennobli que défiguré par la cica-

trice d'un coup de lance qui lui avait percé la tête, en 1545, au siége de Boulogne, où il combattit presque seul un bataillon anglais ; tant d'avantages réunis ne pouvaient manquer de lui concilier l'amour et la vénération des gens de guerre : divers traits de magnanimité contribuèrent autant à lui gagner les cœurs que ses plus brillants exploits.

Ce portrait est copié du tableau original de Janet qui est au Musée Royal.

GUI DU FAUR SEIGNEUR DE PIBRAC

(Orateur et Poëte),

Avocat Général

et Président à Mortier au Parlement de Paris.

Né à Toulouse (Dépt. de la Hte. Garonne) en 1529.

Mort à Paris le 12 Mai 1584.

BLAISE DE LASSERAN-MASSENCÔME
SEIGNEUR DE MONTLUC
(Maréchal de France),
Né à Montluc près Condom (Dépt du Gers) en 1502,
Mort à Estillac près Agen en 1577.

PIBRAC (GUI DU FAUR, SEIGNEUR DE).

Pibrac (Gui du Faur, seigneur de) naquit à
Toulouse en 1529, d'un président au parlement
de cette ville. Son goût pour la poésie, sa con-
versation agréable et instructive, le firent con-
naître d'abord avantageusement; ensuite, l'éloquence et l'énergie qu'il déploya dans plusieurs
circonstances difficiles, et les services éminents
qu'il rendit, comme avocat-général au parlement
de Paris, et comme conseiller d'état, lui valu-
rent beaucoup de considération dans les cours
de France et de Pologne. Le chagrin que lui
donnèrent les troubles qui agitèrent l'état, lui
causa une maladie de langueur dont il mourut
le 27 mai 1584.

Montaigne nous a laissé de Pibrac le portrait
suivant :

« Nous venons de perdre le bon monsieur de
« Pibrac, dont l'esprit estoit si gentil, les opinions
« si saines, les mœurs si douces. Cette perte, et
« celle qu'en même temps nous avons faite de
« monsieur de Foix, sont pertes importantes à
« notre couronne. Je ne sais s'il reste à la France
« de quoi substituer un autre couple pareil à ces
« deux Gascons, en sincérité et en suffisance, pour

«le conseil de nos rois. C'estoient ames diverse-
«ment belles, et certes, selon le siècle, rares et
«belles, chacune en sa forme. Mais qui les avoit
«logées en cet age, si disconvenables et si dis-
«proportionnées à notre corruption et à nos
« tempêtes?»

(*Essais*, livre III, chapitre 9.)

Ce portrait est tiré de la collection de dessins originaux de Janet, qui est à la Bibliothèque du Roi.

MARGUERITE DE VALOIS

(Première femme de Henri IV),

Née à Paris le 14 Mai 1552.

Morte à Paris le 27 Mars 1615.

MARGUERITE DE FRANCE.

Marguerite de France, reine de Navarre, fille de Henri II, née en 1522, mariée au prince de Béarn, depuis Henri IV, en 1572, morte à Paris le 27 mars 1615, après avoir consenti que son mariage fût cassé.

PORTRAIT HISTORIQUE DE LA REINE DE NAVARRE.

C'était une des plus belles personnes de son temps, et son esprit répondait, ainsi que ses connaissances, à ces avantages extérieurs. Malgré les erreurs de sa vie, exagérées sans doute par la malveillance, l'ame de cette princesse était noble et sensible; elle eut pour son frère, le duc d'Alençon, la tendresse la plus vive et la plus courageuse. Une grande partie de sa vie ne fut qu'une suite d'agitations déréglées; effet d'un caractère inquiet et d'un esprit sans frein. Plus d'une fois elle se trouva réduite à des extrémités indignes de sa haute fortune, et qui compromettaient également son repos et sa dignité; mais, dans les situations les plus critiques, l'ascendant suprême de sa beauté et de son esprit, le charme séducteur de ses manières, lui faisaient des amis de ceux même que l'on envoyait contre elle. Elle était retirée au fond de l'Auvergne lorsqu'elle consentit à voir casser son mariage. Le besoin d'agitation la ramena à Paris, où elle vécut magnifiquement jusqu'à sa mort. Jamais princesse ne se montra plus libérale; mais, plus généreuse que juste, elle donnait beaucoup, empruntait souvent, et rendait rarement. Le temps fut sans influence sur son esprit, et l'âge mûr ressembla chez elle à la jeunesse. Par une des singularités de son caractère, elle savait allier à la plus extrême dissipation les études les plus sérieuses; et la maison de Marguerite était alors le rendez-vous de tous les beaux-esprits. On a même d'elle quelques poésies qui, pour le temps, sont fort agréables.

Ce portrait est aussi tiré de la collection de dessins originaux de Janet.

De l'imprimerie de Firmin Didot, rue Jacob, n° 24.

www.ingramcontent.com/pod-product-compliance
Lightning Source LLC
Chambersburg PA
CBHW062309070726
47596CB00009B/1045